Esclava durant una Setmana
Sèrie Completa

de

Erika Sanders

sèrie

Dominació i Submissió Eròtica

Sinopsi

L'Erika accepta ser l'esclava de la Sandra durant una setmana...

Esclava per una Setmana és una novel·la de fort contingut eròtic BDSM i, alhora, una nova novel·la pertanyent a la col·lecció **Dominació i Submissió Eròtica**, una sèrie de novel·les d'alt contingut BDSM romàntic i eròtic.

(Tots els personatges tenen 18 anys o més)

Erika Sanders és una coneguda escriptora a nivell internacional, traduïda a més de vint idiomes, que signa els seus escrits més eròtics, allunyats de la seva prosa habitual, amb el seu nom de soltera.

índex:

ESCLAVA DURANT UNA SETMANA
SÈRIE COMPLETA
DE
ERIKA SANDERS

PRIMERA PART

"Entens", em va dir la Sandra, "que un cop entres a casa meva, el que dic se'n va. Obediència total i total".

"Um, sí", vaig dir una mica aprensada.

"No, um, sí", va dir amb fermesa, "Sí senyora".

"Sí senyora", vaig dir amb una mica més de convicció.

"Molt millor." Va obrir la porta i la va apartar perquè entrés. Vaig passar per davant d'ella, remolcant la caixa que contenia les coses que m'havia portat i em vaig quedar al passadís. La Sandra va tancar la porta i va passar per davant meu. Vaig examinar el seu puntal segur. Era alta, gairebé 6 peus d'alçada. Només faig 5'2" i em vaig sentir petita per ella. Tenia una forma preciosa cul , malucs ben corbats i pits grans i amb copa C. Em vaig enamorar.

Ens havíem conegut en un pub i després de parlar tota la nit, em va preguntar si tenia la ment oberta. Jo havia dit que sí i llavors ella em va preguntar si em considerava més dominant o submisa.

Havia hagut de pensar en això. Sé el que vull, però també estic content quan algú està disposat a fer-se càrrec i dir-me què he de fer. Li vaig dir que era submisa.

M'havia sorprès quan em va preguntar si m'agradaria ser la seva esclava.

"Que vols dir?" li havia preguntat.

"Vull dir que véns a casa meva i et quedes amb mi i fas tot el que et demano.

"Sexualment?"

"Tot." Havia hagut de pensar. Havíem xerrat d'altres coses, ballat, begut i prop del final de la nit, ens hem fet un petó. Va ser un petó meravellós, poderós i ple de luxúria. Vaig posar la meva mà al seu pit i ella se'l va treure i em va mirar als ulls.

"Això és per al meu esclau", va dir.

"Llavors vull ser el teu esclau".

I ara estàvem aquí, una setmana després. Havíem acordat un judici d'una setmana
.

"Encara no t'has guanyat el dret a portar roba, Erika, treu-te-les totes." Vaig dubtar i ella es va acostar a mi. "No em molestis d'entrada Erika, o el càstig es durà a terme. Treu-los".

"Sí senyora", vaig dir. Em vaig treure les sabates i després també em vaig treure els mitjons. Em vaig desenganxar els texans i els vaig fer lliscar per les meves cames mentre la Sandra em mirava. Llavors em vaig posar la samarreta per sobre del cap per quedar-me allà amb la roba interior. Les meves calces van anar a continuació i finalment el meu sostenidor. Vaig plegar cada peça de roba i la vaig posar a la bossa.

La Sandra estava examinant el meu cos nu. Em vaig sentir com un tros de carn allà. Ella va mirar els meus pits petits i després va treure un dit i el va passar pel meu mugró erecte.

"Tens uns pits tan dolços, Erika", em va dir.

"Gràcies mestressa ".

"Estira'm els mugrons, estira'ls amb força perquè pugui veure fins on els pots arribar i fins a quin punt sobresurten després".

Vaig mirar els meus mugrons i vaig agafar-ne un a cada mà. Els vaig estirar amb força, fins que em va fer mal, els meus pits petits es van estirar en cons sortint del meu cos. Quan em vaig deixar anar, els mugrons es van posar orgullós i emocionats.

"Ben fet Erika."

"Gràcies mestressa ". Els seus ulls van continuar mirant-me. Ella va mirar el meu cony, amb el seu cabell ben tallat i va dir: "No em servirà. Vaig a veure la televisió Erika i mentre ho faci, això és el que faràs per mi. Aniràs al meu bany i un parell de pinces del calaix superior del lavabo. Després agafaràs una tovallola i vindràs a la sala d'estar. Mentre miro la televisió, posaràs la tovallola a la taula de cafè i després t'asseures. i arrenca els pubes fins que no en quedi ni un".

"Sí senyora", vaig respondre. "Primer deixo les meves coses, senyora?"

"Gira't", va ser la seva resposta. Em vaig allunyar d'ella i abans de poder continuar girant-me per mirar-la, vaig sentir una bufetada punxeguda al meu cul .

"No et vaig demanar que pensis ni fes suggeriments, Erika."

"Ho sento senyora". Em vaig dirigir al bany mentre la Sandra s'allunyava de mi. Això va ser més intens del que m'havia esperat, em vaig adonar i em vaig preguntar quant de temps passaria abans de trencar-me i optar per no. Vaig trobar les pinces i vaig tornar a la sala d'estar on la Sandra estava asseguda davant del televisor. Vaig posar la tovallola a la taula de cafè per poder veure la televisió i després vaig estendre les cames per inspeccionar-me.

"No, no t'enfrontes a la televisió Erika, t'enfrontes a mi perquè pugui veure com et treu tots els cabells del teu cony". Vaig sospirar per dins i em vaig girar perquè el meu cony quedés exposat a la Sandra i vaig començar el llarg i ardu procés d'eliminar-ne els cabells, un a un.

Feia aproximadament mitja hora que hi havia estat quan vaig començar a sentir les ganes que necessitava per fer pipi. Al principi no vaig dir res i quan la Sandra va sortir de l'habitació per anar a fer alguna cosa, vaig anar al bany sense pensar-hi. Vaig tornar per veure la Sandra dempeus i esperant-me.

"On dimonis has estat?" em va preguntar ella.

"Al vàter Mestressa, necessitava fer pipí", vaig dir, sorprès.

"Sembla que no recordo haver-te donat permís per fer-ho, oi?" ella va preguntar.

"No senyora, ho sento molt senyora", vaig respondre.

"Ho sento, no ho talla esclau. Apropa't a la taula de cafè amb les mans i els genolls". Vaig fer el que em van dir, agenollat com un gos a la taula. "Amplia les cames més", va dir. Vaig separar els genolls fins que van quedar a les vores de la taula. Vaig poder sentir l'aire fresc de l'habitació a l'anus i el cony exposats.

Zas! Vaig sentir la punxada bufetada de la mà de la Sandra a la galta del meu cul . Zas! I de l'altra també.

"Saps per a què serveix això?" Em van preguntar.

"Per no demanar permís senyora", vaig respondre mansament

"Així és. I quan siguis castigat, agrairàs a la teva mestressa perquè t'està ajudant a ser un bon esclau. Ho entens?"

"Sí senyora", vaig respondre. Zas! La seva mà va colpejar els meus llavis del cony i em vaig mossegar el llavi en lloc de plorar. L'instint em deia que només portaria més problemes.

"Gràcies senyora ", vaig dir. Ella em va donar una bufetada al cony una altra vegada, i després altres tres vegades i després el meu cul una mica més. Cada vegada li vaig donar les gràcies per donar-li una bufetada.

"D'acord, ara segueix, no m'agrada el cabell a la meva propietat", em va dir. Em vaig asseure a la tovallola, amb el cul vermell per les cops. Vaig mirar els meus llavis del cony. Estaven vermells de ser colpejats. Però també em va sorprendre observar que hi havia una petita part d'humitat entre els meus llavis. Hi havia alguna cosa en la manera com em tractaven que començava a excitar-me.

Finalment vaig aconseguir arrencar l'últim pèl del meu cony. Em van ordenar que em estigués enrere, estigués les cames i estirés els genolls cap a mi perquè estigués totalment exposat. La Sandra es va acostar i es va agenollar entre ells. Ella va inspeccionar el meu cony de prop, però no el va tocar. Estava tan excitat! Tenir-la tan a prop, prou a prop que si es llepava els llavis probablement em tocaria el cony, però no tocar-me de totes maneres em tornava boig. Volia que em llepés. Desesperadament. No pensava que seria capaç de preguntar.

Després d'un parell de minuts d'això, la Sandra em va llepar amb una bona llepada llarga des de la base de la meva escletxa fins a la part superior. Però això va ser tot. Vaig poder sentir els meus sucs preparats per supurar del meu cony i quan em van permetre asseure'm, em vaig tocar, amb el dit entre els meus llavis.

"Puc veure que no entens realment aquesta Erika", em va dir la Sandra quan em va veure fer això. "No fas RES, sense el meu permís. No vas al lavabo i no et masturbes. Vine aquí, crec que he de reforçar la lliçó".

Vaig pensar que estava a punt de tornar-me a pegar. I malgrat que m'havia fet una mica de mal, em vaig trobar amb ganes. Però la Sandra em va portar a una cadira de fusta. Tenia un respatller de llistons de fusta i un seient de fusta massissa. Hi havia una petita depressió en forma de cul modelada al seient i em vaig asseure allà tal com em van indicar.

"Dóna'm les teves mans", va dir la Sandra des del meu darrere. Els vaig posar darrere meu i van ser agafats i ràpidament lligats a la cadira. La Sandra va venir davant meu i també em va lligar els turmells a la cadira. Ella va empènyer la cadira (amb mi, per descomptat) fins a on jo estaria asseguda i mirant-la. Aleshores la Sandra va anar a la cuina i va tornar amb un gran got d'aigua.

"Beu aquesta Erika", em va dir. Ella em va posar el got als llavis i vaig passar aproximadament la meitat sense respirar. Llavors la va aixecar i me la va abocar a la boca. No m'ho esperava i hi havia més del que podia agafar. Va passar per sobre dels meus llavis i va baixar pel meu coll i els pits fins al seient. Estava assegut en un bassal molt poc profund. Vaig sentir l'aigua freda a l'anus i als llavis del cony. No obstant això, hi havia poc que podia fer per moure'l.

La Sandra em va deixar sol i em van abandonar per seure a veure-la mirant la televisió. Cada cop que apareixia un anunci, ella omplia el got i em feia beure. Això va durar dues hores.

De nou vaig sentir la necessitat de fer pipí. M'estava desesperant. Havia perdut la noció de quanta aigua havia begut,

però la meva bufeta estava a punt per
explotar! Em vaig retorçar al meu seient,
però cap posició m'ha ajudat.

"Necessites fer pipí esclau?" La Sandra
em va preguntar quan em va veure fent
això.

"Sí senyora", vaig respondre, alleujada
que anava a anar al lavabo.

"Llavors tens el meu permís per fer
pipi", va respondre ella.

"Um, pots deslligar-me perquè pugui fer
pipí senyora?" Vaig preguntar.

"No cal que siguis un esclau deslligat,
només fes pipí", va dir la Sandra.

"Aquí?" vaig preguntar, confós.

La Sandra va fer un pas i em va agafar el mugró esquerre entre el dit polze i l'índex. Ella ho va estirar amb força. "Fes atenció. Pipi", va dir, donant -li una altra tirada. Vaig intentar relaxar-me. No va ser fàcil. La Sandra estava dret davant meu. No estava acostumat a que algú em mirava fent això. Tampoc estava acostumat a estar lligat.

Vaig sentir com venia, aquella pressa inicial, el flux cap als meus llavis des de la meva bufeta.

"No perdis el meu temps esclau, pipi", em va dir la Sandra. I llavors ho vaig sentir. El meu pipí va esclatar entre els meus llavis com una riuada trencant un dic. Va arrossegar a la cadira i després va sortir per la vora, barrejant-se amb l'aigua que s'havia acumulat al meu voltant.

La Sandra es va agenollar davant meu i, mentre mirava meravellada, es va inclinar cap endavant de manera que el raig del meu pipí esquitxava per tota la seva brusa.

" Oh, bona noia", em va dir i em vaig sentir satisfet de ser complimentat. Vaig veure com el meu pipí s'emmollava a la brusa de la Sandra fins que no hi havia res més per fer pipí. Es va acostar cap endavant i va passar el dit pel pipí que s'havia fet un toll al voltant del meu cul i el meu cony i després el va aixecar fins al meu mugró, netejant-lo. Va ser un tacte humit i elèctric que va enviar una emoció pel meu cos. Aleshores es va aixecar i em va deixar allà. No sabia què fer. Em vaig quedar assegut en una piscina poc profunda del meu propi pipí.

La Sandra va tornar. Portava de nou el got d'aigua. Ella me'l va fer beure. Aleshores em va agafar els cabells i em va estirar la cara cap al pit.

"Xupeu-me l'esclau de les pits", em va dir. Ella em va clavar el pit a la cara i vaig obrir la boca i li vaig xuclar el pit, vestit com estava amb la brusa que estava empapada amb el meu pipí.

"Ja saps, m'està començant a agradar el teu esclau. Si ets molt bo fins i tot podria deixar que em facis córrer més tard." Es va treure la brusa i després el sostenidor. Em vaig bavejar gairebé literalment quan vaig veure els seus pits. Van ser increïbles. Va deixar caure la roba al bassal de pix i aigua i després es va asseure i va veure la televisió, deixant-me encara assegut en un bassal que es refredava ràpidament que podia sentir als meus llavis nus i un petit anus arrugat.

M'he d'haver assegut una mitja hora més, preguntant-me si aniria a estar aquí tota la nit.

"És hora d'anar al llit", em va anunciar la Sandra, dempeus davant meu amb els seus pits meravellosament grans al descobert, burlant-me. "Ara et deslligaré Erika i vull que segueixis les meves instruccions. Em prepararé per anar al llit. Mentre ho faig, netejaràs aquest embolic. Després entraràs a la meva habitació i em lleparàs fins que Em corre. Ho entens?"

"Sí senyora", vaig respondre. La Sandra es va moure darrere meu i em va deslligar. Em vaig fregar els canells mentre la Sandra s'allunyava i després em vaig dedicar a netejar l'embolic del terra, la cadira i la brusa de la Sandra. Vaig sentir la dutxa i vaig pensar breument que seria una gran oportunitat per gaudir -me, però vaig ser prudent. Sabent la meva sort, em tornaria a agafar i castigar. I qui sap què plantejaria la Sandra després.

Em vaig traslladar al dormitori a temps per veure-la sortir del bany, nua. Era tan sexy. La Sandra es va estirar al llit i va estendre les cames. "Menja'm esclau", em va dir.

Em vaig arrossegar entre les seves cames, mirant el seu cony sedós i sense pèl. Els seus llavis ja estaven engorjats, òbviament preparats per una mica d'amor, el seu clítoris erecte i mirant per entre els seus llavis. Vaig fer servir els meus dits per separar els seus llavis i després vaig passar la meva llengua per la seva ranura, empenyent-me cap a dins i després cap amunt i per sobre del seu clítoris.

"Oh, sí", va murmurar abans d'animar-me i exigir que continuï. La meva llengua va treballar una i una altra i sobre el seu cony, dins i fora i cap endavant i cap enrere. Vaig poder sentir els meus propis sucs brotant entre els meus llavis que estava tan excitat. Volia una mica d'atenció , però em vaig concentrar a complaure la meva amant. Tenia un gust meravellós.

Vaig sentir com es va escurçar la respiració, venia amb pantalons i jadejades i aleshores el meu cap es va agafar entre les seves cuixes mentre venia, fent un raig de líquid a la meva cara! Vaig llepar i beure i la Sandra va cridar, convulsionant-se del seu plaer.

"Bona noia Erika", va dir quan es va aturar i em va sorprendre el plaer que em vaig sentir de rebre aquests elogis. La Sandra va mirar el pegat humit que s'estenia al seu llençol i va somriure.

"Crec que necessitaré un esclau de llençols". Em va dir on trobar-lo i vaig anar a buscar-li un. Després de posar-lo al llit (la Sandra em mirava tota l'estona) li vaig preguntar què li agradaria que fes amb la mullada.

" Oh, pots dormir amb aquesta carinyo. Al peu del meu llit", em van informar. La Sandra em va fer estirar als peus del seu llit i el turmell lligat al pal del llit perquè no em pogués allunyar molt d'ella. Em va dir que estirés les cames perquè pogués mirar una altra vegada el meu cony. Va passar un dit per la meva escletxa i la meva esquena es va arquejar, intentant mantenir el contacte el màxim de temps possible. El seu dit es va clavar dins meu i vaig cridar i el plaer que finalment vaig poder sentir després d'un dia de privació. Es va retirar i vaig veure com la Sandra el xuclava.

"Bona nit esclau". Ella va saltar al llit. "I per si t'estàs preguntant, si necessites fer pipí, fes-ho allà tret que et deslligui al matí". I amb això no vaig sentir res més d'ella.

Vaig trigar bastant temps a dormir, però finalment ho vaig aconseguir.

Quan em vaig despertar, va ser trobar la Sandra al meu costat, nua. Era la visió més bonica de les seves llargues cames, més enllà de la seva ranura calba, fins a la corba de la part inferior dels seus pits, el cap inclinat cap endavant de manera que jo mirava a la cara . Em vaig estirar i vaig trobar que ja m'havia deslligat.

"Aquests són per a tu", em va dir i em va deixar caure unes calces blaves de cotó, somrient.

" Oh, gràcies senyora", vaig dir, genuïnament satisfet. Ella va veure com em posava i després em va fer posar-me davant d'ella.

"Senyora, si us plau, puc utilitzar el lavabo?" Li vaig preguntar una mica nerviosa.

"No. Agenolla't", em va dir. Em vaig agenollar davant d'ella. "Quan estiguis a punt per marxar, fes pipí a les calces, esclau. Vull veure'ls mullar-les." Es va asseure davant meu amb les cames creuades i va esperar. No va passar gaire fins que no vaig poder aguantar-ho tot just despertant-me. Vaig sentir aquell pessigolleig i pressa i aleshores les calces es van mullar, el meu pipí empapava la tela i després em correva per la cama. Els vaig separar lleugerament i va caure al llençol on havia dormit.

"M'agrada veure't pipí, esclau", va dir la Sandra. "Ara pots mirar-me". Es va posar davant meu i es va inclinar lleugerament enrere, separant-se els llavis amb els dits. Amb prou feines havia registrat el que estava fent quan un corrent agut de pix calent va sortir d'ella com una molla, colpejant-me al pit, passant pels mugrons i el ventre i fins al meu cony. Vaig sentir la seva càlida pipí als meus llavis calbs.

" Oh, t'estàs convertint en un esclau meravellós, ni tan sols t'has trepitjat", em va dir la Sandra, somrient. Ella va allargar les seves mans i jo vaig posar les meves a les seves. Em va aixecar dempeus i em va estirar contra ella, el meu cos humit amb la seva pixada pressionada contra la seva. La meva cara només estava per sobre del nivell dels seus mugrons i em vaig sentir aixafat contra les seves increïbles pits. Tenia moltes ganes de xuclar-li el mugró gran.

"Vine a dutxar-te amb mi Erika", va dir la Sandra. Vam anar al bany i aviat em vaig quedar a l'alcova amb ella, sobretot encara amb les calces. La Sandra em va fer rentar-la a fons, prestant atenció al seu anus i insistint que fes lliscar el dit dins del seu forat tancat. Llavors em va agafar el sabó i va començar a rentar-me el cos.

Mai m'havia agradat el tacte d'una dona com ho vaig fer quan va començar a passar les mans pels meus pits petits. Ella em va pessigar i em va pessigar els mugrons i vaig gemegar amb cada toc.

La Sandra va moure el raig d'aigua perquè em trobés a faltar i després la seva mà va caure dins de les calces, ensabonant-me les natges. Vaig sentir el seu dit empènyer el meu anus i vaig empènyer enrere, sentint-lo lliscar-se una mica dins.

"Això et deu matar Erika, aposto que tot el que vols ara és córrer-te"

"Oh, sí, senyora", vaig aconseguir amb un tremolor a la veu. La vaig veure agafar una navalla i girar-la a la mà. Va començar a untar-se de sabó per tot el mànec i vaig sentir que les calces em tiraven avall per les cames. Em va girar cap a la paret i em va fer posar les mans davant meu, estenent les cames. Llavors, la punta del mànec de la navalla estava sent empès al meu anus. Vaig gemegar i em vaig empènyer més fort.

La Sandra no es va aturar fins que tota la mà estava profundament al meu cul , només l'extrem acampanat on normalment s'hi muntaria la navalla impedint-la de lliscar-la més. La va girar dins meu, la corba del mànec girant al meu cul. Va ser gairebé suficient per portar-me a l'orgasme. Gairebé, però no del tot.

Després es va retirar, em van rentar el cul i les calces van tornar a posar-se en posició. De nou, el meu cony havia estat abandonat. Estàvem fora de la dutxa i la

Sandra es va assecar. No em van donar una tovallola.

Aleshores, la Sandra em va portar al dormitori, dient-me que tenia algunes coses de les quals tenir cura. Quan estava estirada al seu llit i lligada, em va dir que tenia una bona idea de com estava excitada i que no confiava que jo no tingués l'orgasme mentre no estava. Així que estava lligat amb espai per moure's, només que no n'hi havia prou per arribar a cap dels nusos o al meu cony. El millor que vaig poder fer va ser posar una mà al mugró.

Llavors estava sol.

Van ser hores més tard que em va despertar el so de les veus que entraven al dormitori.

SEGONA PART

El timbre va sonar.

"Vés a veure qui és a la porta l'Erika", vaig sentir cridar la Sandra. Vaig anar a la porta, aprensió. Al cap i a la fi, no em van permetre portar més que unes calces a casa, de manera que qui hi fos estava a punt de veure els meus pits petits i els mugrons erects.

De manera provisional, vaig mirar a través del forat per veure un home allà dret.

Era difícil dir com era realment a través d'aquella visió distorsionada, però anava vestit amb un vestit.

"Genial, vaig pensar, estic a punt de donar a algun venedor l'emoció més gran del seu any!" Vaig obrir la porta i la vaig obrir prou ample com per poder mirar-la al voltant.

"Sí?" Vaig preguntar.

"La Sandra està dins?" em va preguntar, els seus ulls es desplaçaven de la meva cara cap avall cap al meu coll i les clavícules. Es va llepar els llavis. Crec que sabia que jo no anava ben vestit darrere de la porta.

"Qui puc dir que truca?"

"Dan".

"Espera aquí un moment, si us plau", li vaig dir i vaig tancar la porta. Vaig anar a buscar la Sandra i la vaig trobar sortint del lavabo.

"Hi ha un Dan aquí per veure't Sandra",
li vaig informar.

"Oh, que bonic", va exclamar. "Si us plau,
vés i deixa'l entrar i després porta'l al
saló".

Vaig tornar a la porta i la vaig obrir, prou
ample aquesta vegada perquè Dan
pogués entrar. Vaig sentir els seus ulls
viatjar amunt i avall pel meu cos i vaig
sentir que reaccionava a la valoració
franca. No es va dir res, però Dan va
entrar al vestíbul perquè jo pogués
tancar la porta.

"Segueix-me, si us plau", li vaig dir i vaig
marxar en direcció al saló. Una mirada
per sobre de la meva espatlla va
assegurar que el seguia, i també em va
dir que els seus ulls estaven en aquell
moment, enganxats al meu cul vestit de
calces.

Vaig conduir en Dan al saló on la Sandra estava asseguda al sofà. Es va aixecar quan Dan va arribar i va entrar per abraçar-lo.

"Hola Dan, m'alegro de veure't!" ella va dir.

" Igualment Sandra. Jo estava a la ciutat per negocis i vaig haver de passar per aquí".

"Vols una beguda?"

"Scotch?" —va preguntar en Dan.

"Per descomptat. Erika, si us plau, porta un escocès a Dan. Sobre gel, oi?" va dir ella, confirmant amb Dan. Va assentir amb el cap i vaig marxar cap a l'armari de licors de l'altre costat de la taula de cafè des d'on ell i la Sandra s'havien assegut al sofà. "I aconseguiu-ne un per a mi també", va afegir.

Em vaig ajupir, mantenint els genolls rectes mentre recuperava l'ampolla de l'armari, segur que mantindria el meu cony amb calces recte a la Sandra, tal com m'havien dit quan recuperava coses des de baix. A la Sandra li agradaven les meves cames i no era del que em fes perdre una oportunitat perquè les admirés.

Vaig passar una copa en Dan i després vaig donar la seva a Sandra abans de dir: "Gràcies Erika, pots seure en aquest coixí". Ella va indicar un coixí a la cantonada del saló i vaig anar a asseure'm, les cames creuades, conscient del fet que en Dan permetia que la seva mirada es desplacés cap a mi els pits de tant en tant mentre parlaven.

Havien estat xerrant durant aproximadament mitja hora i jo havia omplert les seves begudes un parell de vegades quan Sandra va dir a Dan després que m'hagués donat una altra mirada: "T'agrada la meva joguina nova llavors?"

"Molt, és molt maca, Sandra, t'ha anat molt bé per tu mateixa".

"Sí, ella també ha après bastant ràpid", va dir la Sandra i vaig sentir un resplendor càlid davant els elogis.

"Hi ha alguna cosa en aquests pits petits que no deixa de cridar-me els ulls", va dir Dan. "No puc posar-hi el dit, perquè normalment m'agrada més una noia simpàtica com tu, però hi ha alguna cosa en ella..."

"Sé el que vols dir", va respondre la Sandra, "Jo era el mateix al principi. Ara ho doc per fet. Al cap i a la fi, encara respon a un bon estiró de mugró".

"T'importa que ho provi?"

"Per descomptat que no. Erika, vine aquí si us plau." Em vaig aixecar i vaig caminar cap a on estaven tots dos asseguts. "Agenolla't aquí". Em vaig agenollar davant d'ells. Dan es va allargar i va passar una mà pel meu pit abans de prendre el meu mugró esquerre entre el seu dit polze i índex. Va estirar i es va torçar i vaig sentir un dolor agut que em passava pel pit. Vaig gemegar, incapaç d'ajudar-me.

La Sandra va estirar la mà i em va estirar el mugró dret al mateix temps i vaig tornar a gemegar.

"Són uns mugrons preciosos, no?" va dir a Dan que estava d'acord amb ella. Tots dos van continuar jugant amb els meus mugrons una estona i després, de sobte (almenys em va semblar) es van aturar i van reprendre la seva conversa. Simplement em vaig agenollar allà, sense haver rebut instruccions per fer res més.

Llavors em van demanar que portés més begudes i ho vaig fer. Després de lliurar-los, vaig dubtar, sense saber on havia de tornar, agenollat davant d'ells o al racó. La Sandra s'ha d'haver adonat i em va dir que m'agenollara davant d'ells de nou.

"Però treu-te aquestes calces, vull que Dan vegi el teu cony arrancat..." va afegir quan estava a mig camí del terra. Em vaig aixecar de nou i vaig tirar les calces per les cames, revelant el meu monticle llis i calb. Dan es va asseure i em va admirar, amb la seva mirada fixada en el meu cony.

"Bé, sens dubte té un cony encantador, has dit que està arrancat?" Va dir en Dan, ajustant-se amb una mà l'entrecuix dels pantalons.

"Sí, ja saps com no m'agrada el cabell i afaitar-se els rostolls és una desviació, així que la vaig fer seure allà i arrencar-se, un pèl a la vegada. Va ser molt agradable i crec que el seu cony es veu molt millor per a això. .

"Aposto que és agradable i ajustat".

"Encara no ho sé , no li he permès fer res al seu cony i jo tampoc des que va arribar aquí. S'ha de guanyar el dret a ser fotuda correctament en aquesta casa. "La fa encantadora i mullada. però ", va afegir la Sandra, agafant les meves calces descartades i mostrant a Dan el rastre humit de l'entrecuix.

El fet de parlar de mi com si no hi fos, començava a excitar-me. Tot el ser tractat com un objecte al principi m'havia desmoralitzat, però ara em deia: "Aquest és el teu paper i t'agraden. Gaudeix-ho i gaudeix-ne". Òbviament, també en Dan, ja que tenia una erecció evident als pantalons.

"Per què Dan, hi ha alguna cosa amb la qual necessites ajuda?" Li va preguntar la Sandra mentre s'adaptava. Ella va arribar a una mà i va acariciar la seva polla a través dels seus pantalons.

"M'agradaria una mica d'ajuda".

"Llavors serà millor que us aixequeu", li va dir. Dan es va aixecar i la Sandra em va dir que li desfer els pantalons i que li tregués la polla, però que no la toqués. Li vaig desfer el cinturó i després el botó i la braça dels texans que van lliscar a terra. Tenia unes cames increïbles i devia ser ciclista perquè no tenien pèl. La seva polla es va llançar contra els seus boxers, que vaig treure, amb compte de maniobrar-los sense atrapar-li ni tocar-li la polla. Era llarg i gruixut i molt impressionant. Volia arribar i aguantar -lo, però sabia que això significaria més problemes del que podia imaginar.

Dan es va asseure al sofà i la Sandra es va inclinar i va començar a llepar-se al llarg de la polla d'en Dan. Vaig veure com la seva llengua ballava suaument al llarg de les venes i s'enrotllava al voltant del cap. Dan va gemegar.

"Pots jugar amb les seves pits Dan i pots tocar-li el monticle, però no toquis ni penetris en els seus llavis", li va dir la Sandra abans de portar-li bé la polla a la boca. La va fer lliscar suaument amunt i avall de la seva longitud.

Dan va estendre la mà i em va apropar més a ell pel meu mugró dret. Els dits de l'altra mà ballaven per la pell llisa del meu monticle, perillosament a prop dels meus llavis, però sense tocar-los mai. Llavors va tornar a tirar dels meus mugrons. Dur. Em va fer mal, va estirar tan fort que estava segur que els estava matant, però jo no vaig cridar, només em vaig quedar allà i vaig agafar el dolor, centrant-me en la Sandra amb una polla lliscant dins i fora de la seva boca.

Es va aturar i es va treure la part superior per sobre del cap abans d'alliberar el sostenidor, amb els seus pits massius vessant deliciosament lliures. Va agafar la polla de Dan i la va col·locar entre els seus pits, utilitzant les seves mans per atrapar-la entre les seves mamàries . Llavors va regatejar l'escop de la seva boca per sobre de la seva polla i va començar a fer lliscar els

seus pits cap amunt i cap avall per la
seva polla, a banda i banda.

Dan va deixar de parar-me atenció i va
veure com la Sandra es follava la seva
polla amb les seves pits. Llavors va
començar a pujar pel seu cos amb la
llengua fins que va quedar estirada
sobre ell amb els pits aixafats contra el
seu pit i les cames esteses a banda i
banda d'ell. La Dan es va tirar de la
faldilla fins que es va ajuntar al voltant
de la seva cintura. Llavors li va agafar les
mitges i les va trencar. La Sandra no
portava calces sota la mànega.

Sandra es va inclinar cap endavant i Dan
va agafar la seva polla, apuntant-la al seu
cony. Ella es va empènyer cap avall i es
va lliscar pel seu pal, incrussant-lo dins
d'ella. Em vaig quedar al costat d'ells
mentre la Sandra muntava amunt i avall
sobre la seva polla rígida, esperant i
preguntant-me què faria. La Sandra em
deu haver llegit la ment.

"Vine aquí", em va dir i tan bon punt vaig estar prou a prop, es va agafar un mugró a la boca, xuclant-lo amb avidesa mentre rebotava amunt i avall. Llavors Dan va estar empenyent la Sandra enrere fins que havien canviat de posició i ell s'estava subjectant sobre ella, introduint la seva polla cap a ella en una posició de missioner, les seves pilotes colpejant-se contra ella amb cada empenta cap a dins.

El vaig sentir grunyir i el vaig veure agafar-se dins, òbviament disparant el seu semen molt dins d'ella, abans de treure la seva polla.

"Gràcies Sandra, va ser tan meravellós com sempre", li va dir.

"Neteja'l Erika, fes servir la teva boca", va dir la Sandra, mirant-me. Em vaig agenollar i en Dan es va asseure amb les cames esteses al sofà, la seva polla no gastada del tot, brillant amb els seus sucs combinats. Vaig utilitzar la meva boca, xuclar i llepar-li la polla, netejant-lo del seu plaer. Mentre ho feia, es va tornar a aixecar a un estat completament erecte i em vaig delectar amb tenir una polla tan gran per xuclar.

"Atura l'Erika, està net. M'has de netejar ara. I aquesta vegada no pares fins que no em corre." Sandra em va dir. Em vaig moure entre les seves cames i ella va lliscar cap endavant fins que el seu cul estava penjat a la vora, les cames separades per a mi.

Vaig admirar el seu cony i vaig aplicar la meva llengua suaument als seus llavis, llepar-li i netejant-me. Llavors vaig veure com supurava entre els seus llavis i baixava cap al seu anus. El vaig perseguir amb la llengua, havent de llepar-lo per tot arreu i sobre el seu forat arrugat per tal de satisfer les exigències de la tasca que m'havien establert. La Sandra va gemegar fort quan la meva llengua ballava sobre el seu anus.

Vaig sondar entre els seus llavis, llepar, xuclar, netejar-li el semen i després em vaig moure cap al seu clítoris. Vaig passar la llengua per la part superior i després vaig tornar a baixar abans de donar-li voltes. Vaig poder veure Dan acariciant la seva polla per la cantonada de l'ull mentre em mirava actuar amb la meva amant.

Em vaig acomodar a un ritme i vaig ser recompensat quan vaig escoltar a la Sandra cridar i el seu cos es va espasmar pel seu orgasme.

Quan es va recuperar , em va dir que ara podria tornar a la cantonada. Vaig ser molt conscient de com estava el meu cony humit mentre tornava a travessar l'habitació. Dan i Sandra es van asseure i

van xerrar una mica més, sense veure
que val la pena preocupar-se per
restaurar la seva roba.

"Sens dubte, és una joguina jove
encantadora", va dir Dan en un moment
donat. "Alguna possibilitat que pugui
córrer-me a la seva boca?"

"Tinc una altra idea. Ha estat molt bona i
es mereix una recompensa. No tan bona,
compte", va afegir la Sandra quan va
veure com s'il·luminaven els seus ulls.
"Vine amb mi Erika", va dir. Vaig seguir
la Sandra fins al dormitori on
m'esperava amb un cordó. Em va fer
agafar els braços al meu costat i em va
lligar la corda a l'alçada del colze perquè
pogués moure els braços inferiors, però
no superiors. Va ser prou llarg com per
poder embolicar-lo al voltant del meu
pit, lligant-me la part superior dels
braços completament quiet, deixant
prou llarg com per poder conduir-me
per ell.

I ho va fer, tornant a sortir al saló on Dan esperava, amb uns quants llargs més de corda col·locats sobre l'altre braç.

"Ara sembla prometedor", va dir Dan mentre ens mirava apropar-nos.

"Agenolla't Erika", em va dir la Sandra. Em vaig agenollar i vaig sentir que la Sandra passava un altre llarg de corda per la part posterior de les meves cames. "Ara seure sobre els talons i després inclinar-se cap endavant per posar el cap a terra de manera que els genolls estiguin al pit". Ho vaig fer així. La longitud del cordó que ara estava atrapada darrere dels meus genolls per les cames plegades es va aixecar per sobre del meu coll i després es va lligar davant. Sandra m'ajusta una mica.

Al final tenia els avantbraços i les cames a terra, plegats perquè no em pogués moure, em va assenyalar el cul darrere meu. No era còmode i esperava que només pogués significar que la Sandra deixaria que Dan em fotis i em donaria una mica d'alliberament.

Vaig tenir gairebé aquesta sort.

"Estic guardant això per a mi", vaig sentir dir a la Sandra des del meu darrere mentre un dit passava lentament pel meu llavi exterior esquerre del cony. Em vaig estremir amb el tacte. "Però crec que és hora que aquesta joguina s'utilitzi una mica . Al cap i a la fi, les joguines s'han de jugar, no deixar-les a la prestatgeria dins del seu embolcall. I així et deixaré que la fotis, Dan, aquí mateix".

Vaig sentir el seu dit descansar lleugerament al centre del meu anus.

"Ara hi ha un regal que estaré encantat d'acceptar", va respondre Dan.

"Només deixa'm preparar-la per tu", va dir la Sandra. Va sortir de l'habitació i va tornar. El primer que vaig sentir va ser la seva llengua, llepant lleugerament al voltant del meu anus. Era salvatge. Volia respondre, però estava massa lligat per fer-ho. Llavors vaig sentir alguna cosa genial córrer pel meu cul.

La Sandra va començar a fregar-me l'anus. Deu ser un lubricant, vaig pensar per a mi mateix. Ella em va empènyer l'anus sense penetrar, passant el dit o el polze cap endavant i cap enrere per l'entrada una mica fins al punt en què va clavar el dit dins meu. Vaig boquejar mentre la feia lliscar fermament per sobre de la resistència de l'anell del meu múscul.

La va lliscar dins i fora unes quantes vegades abans d'aplicar més lubricant i empènyer un segon dit amb el primer. Vaig boquejar.

"D'acord, Dan, creus que pots gestionar-te?" va preguntar rient.

" Oh, estic segur que puc", va respondre. Vaig sentir el cap de la seva gran polla recolzada contra el meu anus. La pressió va augmentar lentament fins que vaig poder sentir-lo relaxant-se dins meu. Em vaig mossegar el llavi per sufocar qualsevol soroll que pogués fer tan lentament però amb fermesa que es va anar fent camí dins meu. No em podia creure el gran que se sentia. Volia tenir temps per adaptar-me, preparar-me per al que venia, però no m'ho van permetre. Va empènyer dins sense parar i no vaig tenir més remei que deixar-lo. I després es va aturar. Va mantenir la seva polla tan lluny dins meu que vaig pensar que devia estar preparat per donar-me un cop de mà a les amígdales. I després va tornar a sortir. Va ser increïble.

Va tornar a empènyer; tornant a lliscar i vaig sentir que la Sandra ens regatejava lubricant mentre ens vam fusionar de nou. Va gotejar més enllà de la seva polla i el meu anus fins al meu cony i em va fer mal que el toquessin. En Dan va començar a follar-me el cul ara i mentre m'adaptava, em va agradar molt, balancejant-me una mica per animar la seva invasió del meu cul.

Volia que em toquessin el clítoris. Estava en flames. Sabia que només necessitaria el més mínim toc per fer-me córrer com mai abans, però no hi havia res que pogués fer per aconseguir-ho. I llavors va venir Dan, inundant-me el cul amb la seva llavor.

"Moltes gràcies Sandra", va oferir abans de marxar cap al bany.

""Deixa'm netejar-te, Erika", va dir la Sandra en la seva absència. Vaig sentir la seva llengua llepar la ranura del meu cony fins al meu anus on va llepar i xuclar fins que ja no quedava esperma.

"Bé, Sandra, m'he d'anar", va dir en Dan, tornant del bany. "Gràcies per una visita tan agradable."

"En qualsevol moment, Dan, m'alegro que hagis passat per aquí", va respondre ella. Ella el va acompanyar fins a la porta. Em va fer rodar cap al meu costat, encara lligada i després es va asseure a veure la televisió.

Em vaig estirar a terra, només podia veure la televisió, de cara a la Sandra. No vaig poder girar el cap prou per veure-la realment . Era inevitable que passés i malgrat la meva esperança en el contrari, necessitava fer pipí.

"Si us plau, senyora, he d'anar al lavabo", vaig dir, sense esperar que em permetessin, però haver de preguntar per si de cas.

"Bé, estic mirant la televisió i no tinc temps per deslligar-te, així que pots aguantar fins al final del programa o simplement alleujar-te. Vaig intentar aguantar-me, però finalment sense èxit, abans del final. del programa, no vaig tenir més remei que deixar anar el meu pipí.

Quan vaig acabar , estava estirat a terra i em vaig sorprendre quan vaig sentir que la Sandra s'havia mogut cap a mi. Vaig sentir la seva mà acariciar-me el maluc i la llisca cap avall sobre la meva natges per tocar el meu cony xopat amb els dits. Els va passar d'anada i tornada al llarg de la meva ranura i aviat el recobriment d'humitat em va canviar. Un dit em va sondejar l'anus i lentament va treballar dins i després, per a la meva completa sorpresa, un es va lliscar dins del meu cony.

Vaig gemegar, era el primer contacte directe que havia fet amb el meu cony i de sobte em vaig adonar del molt que ho havia desitjat. Aleshores la Sandra va anar afluixant els cordons que em lligaven.

"Vine amb mi, és hora que ens divertim més". Descartant l'última de les cordes em vaig aixecar lentament del terra, fent massatges al meu cos on havien estat assegurades. Feia una bona hora més o menys en aquesta posició i vaig ensopegar una mica al primer pas. La Sandra em va portar al bany i va obrir la dutxa.

La Sandra va passar la mà amunt i avall pel costat del meu cos que havia estat a l'orina. La seva mà humida em va agafar el pit i després va baixar el cap al meu mugró i el va xuclar. Llavors va obrir la porta mosquitera de l'alcova de la dutxa i va entrar, fent-me una senyal perquè la seguís.

"Agenolla't allà Erika", va dir, indicant el pis davant seu. Em vaig agenollar a terra, la cara a l'alçada del seu cony, els ulls aixecats, meravellant-me amb la part inferior dels seus pits pendulars. L' aigua esquitxava contra l'esquena de la Sandra i només vaig aconseguir algun rierol perdut de tant en tant mentre es movia.

La Sandra va portar les mans al seu cony i va estendre els llavis davant meu, després es va inclinar lleugerament enrere. Una part de l'aigua va caure en cascada sobre les seves espatlles cap a mi, mentre que una altra va baixar entre els seus pits fins al seu cony. Mentre mirava, els meus ulls observaven la seva bellesa i guardaven la vista, va començar a fer pipí. Un corrent de pix calent va sortir del seu cony i em va colpejar al coll. La Sandra es va tornar a inclinar cap endavant, mirant com em pixava per totes les tetes.

"Obre la boca Erika, beu-me el pipí". Em vaig asseure mirant-la, sense moure'm. "Erika, això no era una petició, era una ordre. Beveu-me la pipí". El corrent s'havia aturat ara, la Sandra òbviament es va retenir per mostrar la meva voluntat de complir la seva petició. Ella va estendre la mà i em va agafar els cabells, va inclinar el meu cap enrere i em va passar per sobre de manera que el seu cony quedés a només una polzada de la meva boca.

"No ho facis difícil, joguina. Òbviament no estàs preparat per al plaer que et permetria tenir". Vaig sentir la seva pixada colpejar els meus llavis i els mantenia pressionats junts mentre inundava sobre ells i pel meu coll i pit. Quan va acabar, es va allunyar de mi i després va sortir de la dutxa. Va tornar a entrar i va tancar l'aigua.

No em vaig moure perquè sentia que l'estat d'ànim havia canviat. La Sandra es va assecar lentament i després va sortir de l'habitació. Quan va tornar, tenia els llargs de cordó del saló. Estaven notablement humits. La Sandra va agafar-ne una i la va posar al meu coll abans de dir-me que la segueixi. No estava ajustat i també vaig notar que no era gens un nus lliscant, semblava que simplement tornava a definir la relació entre nosaltres. Mestre i criat.

De tornada al dormitori, la Sandra em va dir que em poso en una posició de gosset. Vaig fer el que em van dir i ella va anar al seu armari. Després de pescar per dins durant una estona , va tornar amb un enorme consolador negre i un tub de lubricant. Ràpidament va començar a lubricar-me l'anus amb una sèrie de dits empès dins meu. Aleshores es va moure davant meu i va regatejar lubricant per l'enorme tros de goma que sostenia, just davant dels meus ulls. No tenia ni idea de com havia d'encaixar al meu forat del cul.

Aviat em vaig assabentar, encara que lentament però amb fermesa la va empènyer contra el meu forat arrugat. Vaig sentir-me estirant, més ample del que m'havien fet mai abans. Estava segur que em trencaria l'anus, però sabia què estava fent. Va trigar 15 minuts a estar satisfeta amb la quantitat d'aquell monstre que tenia al meu cul i després es va aturar. Vaig respirar alleujat quan ella va deixar d'empènyer-ho més profundament. Estava de genolls i mans i vaig poder sentir que començava a escapar-se de nou mentre ella l'alliberava. Això es va aturar ràpidament quan la Sandra va lligar un

cordó al voltant i després al voltant
d'una cama, l'altra i el meu coll també.

Acostant-me de costat, les meves mans
estaven lligades a la cama del llit i els
turmells lligats junts.

"Joguina de bona nit", va dir la Sandra.

"Bona nit mestressa", vaig respondre en
veu baixa. Realment no vaig dormir
aquella nit. Simplement no estava prou
còmode. Em vaig adormir de tant en
tant, però això era tot. I quan necessitava
fer pipí enmig de la nit, no vaig intentar
fer res més que fer pipí on estava estirat.

Quan la Sandra es va despertar, va anar
directament al seu armari i va treure un
fuet de cuir. Em va tornar a posar en una
posició de gos i després va fer girar el
fuet contra el meu cul.

Zas!. Em vaig sobresaltir, sentint la picada del cuir.

"Crec que després d'això podríeu entendre realment la meva necessitat d'obediència total", va ser l'única cosa que em va dir abans que el fuet em copés l'esquena i el cul una i altra vegada. No es va trencar cap pell, però em va picar i sabia que hi hauria moltes marques vermelles si em pogués veure al mirall.

Al cap d'un temps em vaig quedar de nou i no em vaig moure. Quan la Sandra va tornar tenia una cadira. La va posar davant meu i després va tornar a sortir de l'habitació. Aquesta vegada, quan va tornar, tenia dos bols de cereals. Va posar una a terra davant meu i es va asseure a la cadira amb l'altra.

"Menja", va ser tot el que va dir. Vaig fer agafar el bol amb les mans, però em vaig aturar quan va afegir: "Sense mans". Vaig baixar la cara cap al bol i vaig menjar el cereal com un gos mentre s'asseia davant meu, nua menjant el seu propi esmorzar. Quan vaig haver menjat tant com vaig poder del bol, vaig tornar sobre els meus talons, esperant, l'enorme consolador encara enterrat al meu cul i sobresortint entre els meus peus. Vaig tenir cura de no forçar-ho més. La Sandra va acabar el seu esmorzar i es va aixecar, avançant cap a mi.

Ella es va posar de nou al meu costat, el seu cony a una polzada de la meva boca.

"Obre la boca Erika", va dir amb força calma. Vaig dubtar. Ella em va agafar els cabells estirant-los. Semblava que m'ho arrencaria del cuir cabellut. Vaig obrir la boca. La Sandra va començar a pixar-me a la boca. Vaig deixar que s'ompli , sense empassar i després se'm va desbordar la boca i el seu pix em va córrer pel coll i pels meus pits. Semblava orinar per sempre i em vaig preguntar quanta aigua havia begut per preparar aquest matí. Devia ser molt.

Quan va acabar, em va deixar anar els cabells i vaig deixar que l'última pixada em fués de la boca.

"Mira, això és el que fa una bona joguina". Ella es va inclinar i em va besar, ficant la seva llengua a la meva boca amarada de pix i després llepar-me la cara. Ella va deslligar els cordons que em lligaven i finalment la joguina massiva em va treure de l'anus.

"Puja't al llit Erika". Em vaig pujar al llit i em vaig estirar d'esquena. La Sandra es va moure per sobre de mi, els seus pits penjant sota d'ella i arrossegant-me per la meva carn. Vaig tremolar quan un

mugró va passar pel meu monticle suau i
després per sobre del meu estómac. Els
va aixafar contra els meus pits diminuts i
després em va fer un petó, agafant-se
contra la meva cuixa.

Vaig tornar el petó apassionadament i
vaig deixar que les meves mans
s'aventuressin cap als seus costats i
després cap a les galtes del seu cul ,
preguntant-me si hi havia una línia que
no hauria de creuar i què seria probable
que fos. Però ara a Sandra semblava que
no li importava. Es va asseure sobre mi i
després va moure cap endavant fins que
va estar pressionant el seu cony contra
la meva cara. Me la vaig menjar, fent
servir la meva llengua per llepar i
acariciar el seu clítoris, agafant tota la
meva boca contra ella i sondejant dins
amb la meva llengua. La Sandra es
mocava contra mi i no va passar gaire
fins que va venir.

Aleshores, la Sandra va començar a tornar a baixar pel meu cos, aquesta vegada besant i xucant i mossegant-se amb els llavis, la llengua i les dents mentre recorregué la meva carn. Quan va arribar al meu cony vaig pensar que explotaria a l'instant. La carícia de la seva llengua al meu clítoris va fer que em reaccionés.

Estava tan excitat des de la setmana de privació i aleatorietat que vaig pensar que marxaria a l'instant. Però, evidentment, la Sandra estava ben entrenada i sabia què feia. Em va burlar gairebé fins al punt de l'orgasme i després va fer marxa enrere, picant i besant-me l'interior de les cuixes, o fent servir els seus dits per estirar-me els mugrons. Llavors em tornaria a agredir el cony fins que gairebé hi era. Ella va empènyer els meus genolls cap al meu pit i va introduir la seva llengua profundament dins meu, després em va

llepar l'anus i va repetir la seva acció
allà.

Finalment em va deixar alliberar,
agafant el meu clítoris entre els seus
llavis, va estirar i el va xuclar. Vaig cridar
quan el meu orgasme em va trencar, les
cames em tremolaven i convulsions amb
el poder d'aquest. Vaig sentir que em
vaig arrossegar líquid quan vaig arribar,
la primera vegada. La Sandra va llogar el
meu cony, netejant-lo i estimant-lo.

Quan em vaig recuperar, em va
arrossegar a la dutxa on vam netejar,
tocant i acaronant. Era estrany que
aquella dona que era la meva mestressa
estigués de sobte tan sensible amb els
seus tocs. Va ser com si m'hagués
trencat, el joc hagués acabat.

Més tard aquell dia em vaig acomiadar
de la Sandra i vaig marxar. Sovint em

pregunto si hauria d'anar a visitar-la i
qui podria trobar lligat al terra si ho fes.

Un dia ho faré.

FI